LE TAUREAU,

OU

L'OBSERVATEUR INDOMPTÉ

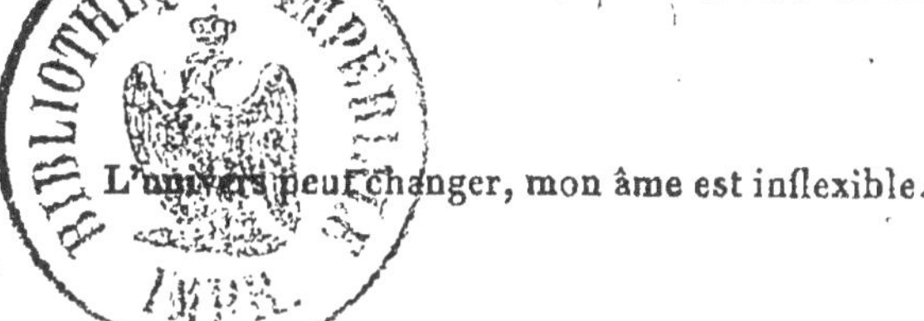

L'univers peut changer, mon âme est inflexible.

Par FRÉDÉRIC ROYOU,

MEMBRE DE LA LÉGION D'HONNEUR.

Prix : un demi-franc.

PARIS,

A LA LIBRAIRIE POLÉMIQUE,

rue Neuve-Saint-Marc, nº 7;

Et chez les libraires du Palais-Royal.

1820.

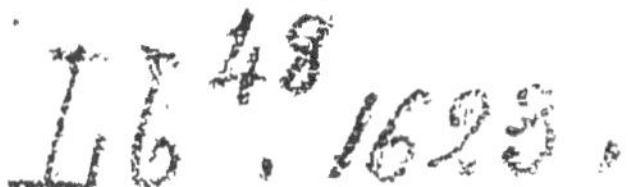

Dans les départemens on trouvera toutes les brochures publiées par la *Librairie polémique*, chez les libraires dont les noms suivent :

ROCHEFORT, { Faye ;
Goulard ;
Riffault.

BREST, { Egasse ;
Fournier ;
Michel.

LORIENT,   Le Coat-Saint-Haouen ;

NANTES, { Busseuil, jeune ;
Forets ;
Malassis (madame).

BORDEAUX. { Bergeret (madame) ;
Gassiot, fils aîné.

HAVRE,   Delhaye-Lonquety.

Et chez tous les Directeurs de postes, s'adresser pour remplir les conditions du Prospectus.

LE TAUREAU,

ou

L'OBSERVATEUR INDOMPTÉ.

FAUSSE POSITION DU CÔTÉ DROIT EN 1820.

L'injustice à la fin produit l'indépendance.

Tout est fini avec le passé, nous n'avons plus de présent; voyons donc à nous occuper de l'avenir : un ministère hétérogène, indécis dans sa marche, sans me-
sures coordonnées, même pour vingt-quatre heures, se
laisse entraîner par l'INÉVITABLE baron. Celui-ci éprouve
une petite velléité pour la tyrannie, il oublie que c'est
une femme IMPÉRIALE, une véritable mégère dont le
pauvre baron n'obtint quelques faveurs que parce qu'il
avait alors pour auxiliaire la force. Hercule a succombé
et l'imprudent *Philoctète-Pasquier* veut porter sa mas-
sue : il en sera écrasé avant quelques mois ! où prétend-
il nous conduire avec l'appui du côté droit, que la seule
frayeur des conséquences d'un meurtre effroyable a jeté

dans ses bras ! Avant de faire sentir au lecteur combien est détestable en politique la position actuelle du côté droit, nous le prévenons, une fois pour toutes, que par le ministère nous entendons toujours l'HOMME-MINISTÈRE du jour, l'*ex-baron impérial*. Ce serait prostituer son temps que de s'occuper d'un héros de l'*avocasserie*, qui ne peut paraître à la tribune sans égayer l'assemblée : le MUET NAUTIQUE n'est pas non plus une notabilité politique ; quant au Président des ministres, QUI N'EST PAS MINISTRE, un beau nom historique, et des vertus privées incontestées, doivent l'abriter contre des traits dont il faut accabler ceux qui sont affamés de pouvoir, mais non pas ceux qui le subissent. Cette topographie politique établie, voyons où peut aller M. Pasquier en s'engageant, avec des hommes qui n'ont que de bonnes intentions, dans les spirales politiques, tandis que de nos jours des idées rectilignes, simples enfin, sont seules des idées savantes. Quand on a épuisé, comme nous l'avons fait depuis trente ans, toutes les combinaisons ÉTRIQUÉES, qu'on appelle secrets d'état, il est bien temps d'abattre son jeu et de jouer *cartes sur table* ; c'est ce que n'a point compris, selon nous, le côté droit. Justement épouvanté du meurtre atroce d'un fils de France, il est allé chercher le remède où il n'était point : il fallait des lois répressives et sévères : il enchaîne la pensée ! Une fois armé de cette terrible loi de la censure, le ministère remue la fange littéraire, et en fait jaillir douze censeurs : l'un d'eux débute par se faire siffler, et les onze autres sont déjà cloués au carcan moral de l'opinion publique : digne salaire d'un emploi accepté par une vile cupidité , et exécuté par la lâcheté même (1)! Nous le demandons à tout homme de bonne foi, est-ce là un remède au mal qui nous travaille. Cependant notre salut devait venir du côté droit, comment regagnera-t-il le beau terrain qu'il a perdu ? Les auteurs du *Conservateur* voulaient les LI-BERTÉS , nous ont-ils dit trois ans ? le moment arrive de mettre les actions en rapport avec les écrits ; et la France stupéfaite apprend qu'il faut qu'elle regarde, dans la chambre haute, du SILENCE comme du *courage ;* et dans celle des communes, une jonction honteuse avec les vils parasites de la politique, comme de *l'habileté.*

Je ne sais, mais mon cœur ne peut se rassurer ;
Mille pressentimens viennent le déchirer.

---

(1) Nous avons acquis le droit de le prendre sur ce ton avec la censure. Lors de la première édition de cette malheureuse institution, nous fûmes indignement calomniés dans le *Journal des débats,* à l'occasion de la *Bureaucratie maritime.* L'ex abbé MUTIN, qui est redevenu une puissance en librairie , nous refusa toute espèce de défense dans son journal. Au surplus, nous prévenons une fois pour toutes la censure, si elle veut se fâcher, que nous parlons comme nous écrivons , et que nous agissons comme nous parlons , ayant placé depuis le 31 mars notre encrier sur deux pistolets en sautoir , et il y restera jusqu'à l'émancipation de la pensée.

DE LA RÉSISTANCE MORALE AUX LOIS D'OPPRESSION.

Qu'a l'inspection de ce titre le lecteur ne soit pas effrayé, ce n'est pas nous qui jamais écrirons rien de nuisible aux vrais intérêts de l'auguste dynastie des Bourbons. Héritier d'un nom devenu historique précisément par un dévouement, *hors ligne dans la république des léttres*, pour leur cause, nous acceptons la *solidarité* qui s'attache aux noms des deux auteurs de l'*Ami du Roi*, mais nous en différerons toujours en ce point : que si, comme eux, nous étions victimes, comme eux du moins nous ne serions jamais dupes d'une politique *sentimentale* (1); nous sommes bien convaincus que de nos jours il faut faire de la politique avec des intérêts satisfaits et non avec de la *sensiblerie*. Des philosophes moroses ont appelé les princes d'illustres ingrats; nous sommes moins sévères, étant pénétrés de cette vérité : Que la position des monarques devient difficile en Europe, et qu'elle exige de leur part tant de vertus, qu'il y a de l'équité à les dispenser de la recon-

---

(1) L'orateur fait ici allusion au sort de l'abbé Royou son oncle, arraché à l'échafaud comme par miracle, et au sort de son père condamné trois fois à mort et déporté une. Depuis la restauration, il n'a rien obtenu et ses persécuteurs sont comblés de faveurs ! VIVE LE ROI QUAND MÊME !!! (Note de l'éditeur.)

naissance ; aussi plusieurs têtes couronnées se le tiennent pour dit.

Tout le monde convient qu'une agitation morale agite tous les peuples. Un *prélat publiciste* auquel on ne peut refuser de l'esprit et beaucoup d'esprit, a écrit naguères que *l'esprit humain était en marche ;* il aurait pu ajouter *au pas de charge.* Dans cette disposition des esprits, que font les gouvernemens? ils reculent quand on avance. En vain leurs véritables défenseurs leur crient : Mais derrière vous on a ouvert une tranchée, vous allez y tomber. Rien, surtout en France, ne peut ouvrir les yeux aux gouvernans. Nos prétendus hommes d'état soutiennent avec un sang-froid imperturbable, qu'ils sauvent la monarchie quand leurs lois d'exception l'ébranlent dans ses fondemens et la renverseraient, si le trône des Bourbons n'avait une base si large, et, par suite, une si grande stabilité qu'il résistera même aux fautes énormes du ministère actuel !

Cependant quelles que soient ces fautes, on devient coupable du moment qu'on insinue seulement qu'il faudrait recourir à des forces physiques ; la révolte n'a jamais mené à rien de bon : heureusement, de nos jours, son nom seul fait horreur, et la Fronde même serait impossible. « Le peuple a donné sa démission, » est un mot aussi profond qu'il est ingénieux. Pourtant il n'en faut pas trop presser les conséquences pour en faire découler une SÉCURITÉ PARFAITE comme font les *royalistes natfs*. Sans doute le peuple a donné sa démission et aucun trouble n'est à craindre de sa part. Il en est *su- persaturé*. Mais si, ce qu'à Dieu ne plaise, des troubles éclataient sans lui, vous pouvez compter qu'il offrirait encore la même inertie, que vous vantez tant vous tous *myopes du royalisme*, et qu'enfin si nous étions des- tinés aux derniers termes du malheur, soyez certains « que le peuple se mettrait aux croisées pour voir passer » la monarchie. »

Dans les calculs bien faits de la politique, il faut donc négliger de nos jours l'*inertie* du peuple, puisque cette propriété, purement matérielle, peut, comme nous ve- nons de le prouver, devenir, suivant l'occurrence, favo- rable ou nuisible.

Mais ce qu'il faut bien calculer, c'est la disposition morale de tous ceux qui touchent au peuple, sans être peuple; c'est ce qu'on pourrait nommer les *notabilités politiques* : à la longue, ce sont ces notabilités là qui l'emportent Elles ont usé Robespierre, et deux fois Bona- parte; comment n'useraient-elles pas un despotisme théo- rique, qui peut à peine effrayer les enfans et *les bonnes*, de la politique. Une expérience est commencée, il faut la suivre avec soin. La France a été ployée quatorze années sous un joug de plomb; mais il faut convenir, du moins, que notre amour-propre a été ménagé. Le despote offrait largement l'étoffe d'un tyran, et l'on n'est jamais ridicule quand on fait peur; mais avec la meilleure volonté du monde, il nous est impossible de comprendre que MM. Pasquier et Siméon puissent jamais effrayer quelqu'un, même des journalistes acceptant la censure ; mais si le ministère ne peut faire trembler avec son arbitraire légal, il peut importuner et dégoûter les vrais défenseurs du trône, et offrir à ses ennemis, pour le miner, des prétextes au moins plausibles. Comment le ministère n'a-t-il pas vu que le FATAL TOMBEREAU ne roulait plus, tant il était usé ? QUE LES EAUX ENSANGLANTÉES DU RHÔNE devenaient bien pâles ! A-t-il espéré nous faire tomber dans l'atonie politique, en se bornant à un despotisme spéculatif ; mais il est fort dangereux de badiner avec l'arbitraire, même quand il est réglé par des lois. Les adversaires du trône ont maintenant une position admirable : ils se battent sur le terrain des principes, et certes on ne peut leur refuser du talent. Cependant nous voulons bien en prévenir le ministère ; il a une chance de succès, si des résistances morales ne s'organisent point ; voici notre pensée tout entière : la nation française n'est spirituelle qu'en détail. C'est Voltaire qui dit cela (1) Nous sommes d'un avis bien différent, c'est un trait qui lui est échappé par humeur. Cependant d'où vient que

---

(1) « Le gros de la nation française n'a point d'esprit ; le faux, le petit, le léger, sont le caractère dominant. »

(Lettre 198, p. 418, édit. in-8°, *Lettre à M. Cideville.*)

depuis le 31 mars, les propriétaires de tous les lieux publics ont encore toutes les feuilles quotidiennes écrites sous la dictée de la police. C'est une denrée empoisonnée, il faut la repousser avec dédain , et ne tolérer que *deux journaux* de couleur tout-à-fait différente : *le Consti-tutionnel et le Drapeau-Blanc*; tout le reste doit inspirer LA PEUR DE LIRE. Voilà une résistance morale , bien innocente : les lois n'ordonnent pas de lire les feuilles flétries par les mains de la censure. Pourquoi aussi, ne forme-t-on pas des cercles d'hommes ayant de la fortune pour ordonner des tirages nombreux de tous les écrits vierges du toucher impur des Parques maniant le fatal ciseau?

Y-a-t-il au monde rien de plus simple et de moins illégal que cette résistance morale. Les lois ordonnent de censurer les journaux, mais ordonnent-elles de s'y abonner? Nous savons bien que ces machines parlantes dont la conversation ne vit que phrases toutes faites, vont ouvrir ici des bouches béantes pour articuler avec un rire stupide : « Vous êtes orfèvre , M. Josse, » Nous les renverrons à *ce gros de la nation*, dont Voltaire parle à *Cideville;* car enfin , s'il n'y a que les plumes esclaves qui puissent écrire , on n'aura que des écrits serviles , et au besoin vous trouverez des misérables qui vanteront le charme et les graces de l'arbitraire , si par un lâche égoïsme on réduisait les esprits généreux à garder le silence !?

DE LA FACTION DES INÉVITABLES.

On parle beaucoup dans ce moment de gouvernement occulte. Il en existe un depuis trente ans invisible, pour le vulgaire, mais si palpable pour les observateurs un peu déliés, que son existence crève les yeux d'évidence. Ces hommes sont les très-humbles serviteurs des circonstances. Un publiciste ingénieux vient de les peindre sous le nom de *circonspects;* mais, chose étrange, en faisant leurs portraits, il est tombé lui-même dans la *circonspection.* Le moment est venu de démasquer les *inévitables;* ne demandez pas si ces hommes ont une âme, ils sont gastriques et voilà tout. *Où dîne-t-on?* compose toute leur langue. Quelques-uns cependant sont encore affamés, non de célébrité; ils ne sauraient y atteindre; mais d'une sorte de *famosité;* alors ils font des vies de *Molière,* de *La Fontaine,* leur porte-feuille est plein de notices, ils ne sont pas littérateurs, *ils font dans la littérature.*

Quelquefois un disciple manqué d'Hippocrate, parle médecine aux littérateurs et littérature aux médecins. Si le typhus se manifeste au - delà des colonnes d'Hercule, soyez sûr que le savant professeur prendra la poste pour aller disserter à perte de vue sur l'épidémie, du moment qu'elle aura repassé en Afrique! Mais à la vue des Maures, une correspondance active le prévient que,

dans peu de temps, dans son pays, la pensée aura besoin de bourreaux ; alors il arrive à Paris , se rappelle
qu'il est médecin, demande une censure, l'obtient , et
croit n'avoir pas changé d'état ; il a raison pour la première fois de sa vie !

Vous n'éviterez pas non plus ce petit freluquet qui
a trouvé le secret d'être à-la-fois fat et pédant. Na-
guère il vexait dans les basses classes les enfans ; et
les poursuivait , sans pitié de la question *quò* ou
ubì ; mais il conçoit un jour le plus profond mépris
pour la langue de Cicéron ; c'est celle d'Homère qui lui
convient. A la vérité , en écrivant en grec à un savant professeur, pour lui demander à dîner, il tombe dans une
équivoque perfide, et il écrit positivement qu'il s'offre
pour Amphitryon. Grande rumeur entre les deux hellé-
nistes. Le plus jeune cède , et la querelle se termine chez
un restaurateur modeste. Notre jeune étourdi n'en fut
pas moins, peu de temps après cette anecdote, proclamé
le premier helléniste de l'Europe, par un journal qui ,
comme Gallais, donne la gloire qu'il n'a pas. En atten-
dant le fauteuil des quarante, vite au jeune Grec une
paire de ciseaux, et le voilà censeur !

Mais laissons les *inévitables* de la police. Croyez-vous
que dans le domaine de Neptune, vous éviterez jamais
la pernicieuse influence de ce vieux Céladon , colportant
de salon en salon, au travers d'un nuage d'ambre, toutes
les grâces d'un demi-siècle. Ce que ce vétéran de l'in-

trigue passe pour savoir, peut nous surprendre à bon droit, quand nous tenons quelques preuves, que ce qu'il ignore est immense! n'importe, il est le *factotum* de tous les ministères ; il est lui-même une fraction ministérielle. Il veut bien, sous un titre modeste, régir les domaines du monarque, cela donne un pied dans le palais des rois, et permet de porter la main sur tout ce qui se triture au garde-meuble. Ce tripoteur nautique a été plus funeste à la France depuis vingt ans, que la perte de dix batailles navales; mais je l'ai déjà dit, nous ne l'éviterons jamais.

Nous n'éviterons pas non plus ce savant guerrier qui sans avoir de porte-feuille ose et peut plus qu'un ministre. C'est lui que nous avons vu par suite de ses profonds calculs, parvenir dans quelques minutes de temps à faire disparaître presque toute la division *Puthod* dans les eaux du *Bober !* Mais il est convenu qu'il possède un beau génie, seulement il est toujours malheureux; il l'est surtout depuis que chargé des intérêts des compagnons ou plutôt des instrumens de sa gloire, il les a privés, au mépris de la déclaration de Saint-Ouen et de la Charte constitutionnelle, du prix d'un sang versé, pour la patrie. A la vérité le grand *inévitable* vient de faire un pas rétrograde; il nous rend notre traitement dans son intégralité, mais comme il aime l'ordre, pour ne pas perdre ses habitudes économiques, et ne pas oublier trop vite l'art brillant des amputations arbitraires, il a eu soin que pour nous l'année n'eût que six mois, et pour éviter apparemment les élans trop vifs de notre reconnaissance, une justice tardive a été nommé un *secours !*....

Mais le plus *inévitable* de tous les *inévitables*, c'est le baron onctueux dont la faconde importune passe pour de l'éloquence: concevez par la pensée toutes les mutations possibles dans les grandes places de l'état ; le baron pourra tomber, mais pour rebondir toujours, et il est homme un jour pour éviter la monotonie des portefeuilles à présider le conseil des ministres, sans en avoir un : c'est une manie de grand seigneur et l'inévitable baron pourrait fort bien la prendre (*) !

LES COUPS DE CORNES.

⁎*⁎ C'est une chose digne de remarque que la rapidité avec laquelle l'arbre du despotisme même spéculatif porte des fruits de mort. M. Lainé s'était fait une sorte de

---

(*) Qu'on ne vienne point ici, à l'occasion de ces esquisses tracées de profil, nous fatiguer de l'argument banal et stupide de *personnalités,* ou bien nous peindrons de face nos *Buonapartes d'antichambre.* Oui! nous périssons par les hommes beaucoup plus encore que par les lois ; et nous aimerions mieux des lois défectueuses avec des gens capables et probes, que les plus belles lois du monde, maniées par des gens détestables !

réputation d'éloquence et de courage. Tout cela était fort exagéré. Quand M. Lainé contraria le colosse, il inclinait alors vers l'horison, et il n'y avait qu'un courage apparent à le braver. Lorsque ce député a parlé à la tribune depuis, et qu'il a été porté par le terrain des principes, une grande habitude du barreau lui a donné l'air de l'éloquence. Mais asssurément son dernier discours sur la loi des élections le précipite du haut de sa réputation usurpée: on attendait des raisons dignes d'un homme d'état, et l'on nous donne des argumens de procureur. La Charte n'est pas violée dit M. Lainé, seulement elle est modifiée. Peste! quelle différence: si notre droit public datait d'un siècle et demi, nous serions les premiers à demander des modifications, mais quand la Charte ne marche qu'en boitant depuis quatre ans, il faut avoir une grande confiance dans la crédulité des Français pour venir leur dire à la tribune nationale : *on ne viole pas votre droit public :* ON LE MODIFIE. Cela peut passer à *Cadillac*, mais à Paris c'est trop fort.

S. A. R. le duc d'Angoulême, dont chaque jour est marqué par un bienfait, vient de faire verser une somme de cinq cents francs à la *caisse de survivance et d'amortissement,* pour fonder une action au profit d'une personne indigente désignée par elle. Les bureaux de ce bel établissement sont situés rue du faubourg Poissonhière, N°. 8, et tout doit lui présager le plus brillant succès; c'en est un déjà d'avoir attiré l'intérêt des plus augustes personnages. Puissent tant de belles actions, dont la modestie des princes nous tait la moitié, faire enfin comprendre aux incorrigibles, qu'il n'y a de *vrais Français* que ceux qui veulent des libertés par les Bourbons, parce que les Bourbons seuls sont *des Princes français.*

⁂ Aurait-on envie de rendre à la marine le vicomte *Dubouchage?* ou le Journal des Débats tombe-t-il décidément dans l'idiotisme? Il prétendait dernièrement qu'un aumônier envoyé à Toulon par l'ex-ministre, a transformé tous les forçats en petits saints, et que rien maintenant n'est plus édifiant que le langage du bagne méridional! Peut-on imprimer de pareilles stupidités? Obligés pendant plus de quinze ans de construire des vaisseaux de ligne et d'employer les forçats comme forces motrices, nous savons un peu mieux que le Journal des *Rabats* que tous les aumôniers du monde ne pourraient rien sur des forçats, dût-on leur adjoindre, pour aller aux galères, les prêches, l'onctueux vicomte, qui aurait beaucoup mieux fait, quand il était ministre, de s'occuper un peu plus des excellens officiers qu'il a privés de leur état, et un peu moins de forçats incorrigibles.

.*. M. le chevalier de Beaumont qui met dans ses opuscules autant de légèreté et d'esprit qu'il mettait d'intrépidité dans les combats, vient de publier une brochure intitulée la Bureaucratie de la guerre. La publication de ce petit écrit nous a donné l'idée de faire retirer notre *Bureaucratie maritime* (1). Puissent d'autres ennemis de la gent plumitive nous donner à présent une *Bureaucratie de l'intérieur,* de la police, des finances, etc., et munis de tous ces élémens, nous composerons une *Bureaucratie générale* de la France. C'est là l'hydre qui la dévore et qu'il faut combattre, jusqu'à ce qu'on ait abattu toutes ses têtes dévorantes et ruineuses pour la France qui se passerait fort biend'innombrables bataillons describes.

.*. M. de Saint-Cricq, directeur général, vient de commettre à la tribune une étrange bévue. Il a avancé (2) avec tout l'aplomb ministériel, que les chanvres du nord étaient de 10 pour 100 plus chers que ceux de France. Mais la dernière mercuriale imprimée dans le journal de Paris donne un démenti formel à M. le directeur des

---

(1) La *Bureaucratie maritime,* par F. Royou, prix : 2 f. (Rare.)

La *Bureaucratie de la guerre,* par M. de B***; prix : 1 fr.

A la Librairie polémique, rue Neuve-Saint-Marc, n° 7.

(2) Séance du 2 mai.

douanes. Les chanvres de France sont d'environ 12 pour 100 plus chers que ceux du nord.

Et voilà ce qu'en France on nomme un DIRECTEUR.

⁎ La cour d'assises vient aujourd'hui, 12 mai, de condamner par défaut MM. *Bouquet - Deschamps*, homme de lettres, et M. *Corréard*, libraire, à cinq ans d'emprisonnement et à 6000 fr. d'amende, pour avoir publié, l'un comme auteur, l'autre comme prétendu éditeur, une brochure intitulée : *Questions à l'ordre du jour*. La même peine a été infligée, aussi par défaut, à MM. POULET, père et fils, pour une CHANSON. On voit :
Qu'aujourd'hui la justice a l'air de la vengeance.

BOUTADE

SUR BÉLISAIRE, TRAGÉDIE DE M. JOUY.

Pauvre, aveugle, jadis chez des peuples ingrats,
L'illustre *Bélisaire*, après mille combats,
Ne demandait aux passans qu'une obole ;
Chez l'imprimeur qui se désole
Maintenant il ne la vaut pas.

LE TAUREAU

Nota La Librairie polémique vient de faire mettre sous presse une brochure intitulée : LES GÉMEAUX ou LES OBSERVA- TEURS CANDIDES.

IMPRIMERIE DE P. - F. DUPONT.

Avis important pour la Littérature légère.

A l'entrée des bureaux de la *Librairie polémique*, se trouve placée une boîte ou *bouche de fer ;* elle est destinée à recevoir tous les traits piquans qui sont de nature à offrir une lecture agréable. On donnera, pour l'insertion de ces petites pièces, la préférence à celles qui, par un tour vif, soit en prose, soit en vers, exigeront le moins d'espace.